U0501783

徐敏毅诗词小集

徐敏毅　著

广东旅游出版社
GUANGDONG TRAVEL & TOURISM PRESS
悦读书·悦旅行·悦享人生

中国·广州

图书在版编目（CIP）数据

徐敏毅诗词小集 / 徐敏毅著 . — 广州：广东旅游出版社，
2020. 8

ISBN 978-7-5570-1949-5

Ⅰ . ①徐… Ⅱ . ①徐… Ⅲ . ①诗词－作品集－中国－
当代 Ⅳ . ① I227

中国版本图书馆 CIP 数据核字（2020）第 127199 号

出 版 人：刘志松　　　　　项目统筹：米　兔
出 品 人：魏家坚　　　　　注　　释：荣　丹
责任编辑：何　阳　　　　　装帧设计：官桂芳
　　　　　于子涵　　　　　　　　　　黄毅文
责任校对：李瑞苑　　　　　内文插画：高　立
责任技编：冼志良

徐敏毅诗词小集
XU MIN YI SHI CI XIAO JI

出版发行：广东旅游出版社
　　　　　（广州市荔湾区沙面北街 71 号）
邮　　编：510130
联系电话：020-87347732
印　　刷：佛山市合创展印刷有限公司
　　　　　（佛山市南海区桂城工业区内 B6 街区）
开　　本：787 毫米 ×1092 毫米　1/32
印　　张：3.375
字　　数：30 千字
版　　次：2020 年 8 月第 1 版
印　　次：2020 年 8 月第 1 次印刷
定　　价：40.00 元（精装本）

唐诗之雄
气传古今

　　余自幼家贫，唯有读书。四五岁时，得一书名曰《唐诗三百首》，开卷之后，如久旱逢甘露、前世遇今生，自始流连书馆书店，遍览各朝诗词集。年少时凡每年春节得压岁钱，亦攒为买诗词书，冬夏学假，则手抄历代诗词不辍。

　　余遍览古今诗词，颇悟各朝诗词之妙。虽学业上文理工皆优，但觉此生最大天赋即为诗词。七八岁即作诗，少学王维、孟浩然、初唐四杰，青年时学李白、杜甫、李商隐，青壮年好辛弃疾、苏轼，大学研究生时期，常有发愿，愿梦回唐朝，只做一田园诗人，专注作诗，渔樵耕读，不问功名世事。也曾梦觉，前世也许如辛弃疾，铁马冰河、横槊赋诗。

古今诗词诸贤，余所受最大影响者，为李白、辛弃疾二人也。

余每作诗时，推崇唐诗气象高华，宋词慷慨激昂，遂立下规格，诗贵精不贵多，每作一首，务求能传唱千古，否则不作。字字推敲，不为佳句不罢休。十一二岁时作《咏初日》；十三四岁时作《秋日登高即景》；青壮之始后，奋力求学业功名、经世伟业，无暇多作诗词，但坚持诗词大家，必须能各种风格皆有佳作。虽豪放为主，也须能作婉约清丽之诗词，如《忆江南》《记古田口水库》等。然本宗压卷之作，首推《七律·咏史》及《观影〈笑傲江湖之东方不败〉有感》等雄浑之作。

希若干年后，余之诗作，能负有"宋朝前十五名、唐朝前五十名"之誉。幸甚至哉，序以咏志。

徐敏毅

2020 年 5 月

| 目录 |

盛唐的风

咏初日

晨时意气出山关，浩邈①乘风上九天②。

浮云沧海遮难尽，终作乾坤③万里光。

注释

①**浩邈**：广大深远貌。

②**九天**：谓天空最高处。出自《孙子·形篇》："善攻者，动于九天之上。"

③**乾坤**：中国古代哲学的一对范畴，指天地或阴阳两个对立面。《周易》用"乾"表示天和阳，用"坤"表示地和阴。后用来泛指天地。

译文

　　早晨的时候，那轮朝阳豪情满怀从山关里出来；乘着浩邈的大风，直上最高的九重天际。

　　那些浮云啊大海啊，都难以遮挡它的万丈光芒；它最终要照耀整个天地万里。

‖ 赏 析 ‖

　　诗篇描写了旭日初升时，光芒万丈、光耀大地的景象，表现了诗人的辽阔视野和胸怀。诗从远处写起，采取直描手法，描绘朝阳从远处的山关里冉冉升起，乘着浩荡的大风一直攀升，直升到最高的天际，大有"扶摇直上九万里"的雄壮气势。接着用对比手法，说浮云啊沧海啊这些庞然大物都难以遮挡这轮初升的朝阳，它的光辉终将洒遍整个天地。

　　诗篇气势磅礴，把朝阳从远处低处升到天空最高处的浩荡场面描写得非常生动，表现了诗人拨云见日、意气风发的豪迈气概和对前途充满信心的不凡襟抱。

出国行

一九九九年八月十三日作于上海虹桥机场

野阔①江山远，帆樯②正饱风！

徐③航欣浪巨，一笑海云生！

注释

① **野阔**：宽阔的平野。
② **帆樯**：船上挂帆的杆子，借指船只。
③ **徐**：慢。

译文

即将起航，遥望天际，辽阔的原野上，如诗如画的大好河山渐行渐远。海天之间，面对一阵又一阵的巨浪，一只只船儿正整装待发。我立于船头，微笑地注视着天边的白云，向着更远更深处进发。

‖赏 析‖

诗人在机场即将启程，面对未知的前途与命运，回望祖国的大好河山，胸中充溢着建功立业的豪情和对美好未来的自信泰然。

诗歌从辽阔的原野起笔，令读者走进了一幅气势磅礴的巨幅山水画。画中有苍天、远山、大船、巨浪，更有诗人自信洒脱展翅翱翔的壮怀。

秋日登高即景

文如魏武、横槊赋诗，秋高气爽、诗以咏志

海风击长云①，万里大江泻。

山茫苍②如水，孤鹰负日斜。

▋ 注释

① 长云：连绵不断的云。
② 苍：青色。

▋ 译文

　　海风如啸，激荡着连绵长云；大江奔腾，澎湃着万里波涛。

　　放眼远望，水光山色，尽归苍茫。唯见一只孤鹰，在斜阳的映照下，振翅翱翔。

‖ 赏 析 ‖

　　本诗作于20世纪90年代初，诗人时年十三四岁，立于时代潮头，尽显少年意气。诗歌状秋日登高即目所见的雄浑景象，借以吟咏诗人刚健有为的雄心壮志。海风浩荡，江水奔流，正如时代发展大势奔涌不息。诗人年纪虽小，却已有鹰隼试翼的孤勇与抱负，这既是诗人不凡气概的写照，也体现出风起云涌的时代特色。

忆江南

作于二〇一六年硅谷

曾在江南步月^①游，芦花^②烟雨写清秋。

暮泊野渡^③霜箫^④奏，吹散长江万古愁。

注释

①**步月**：谓月下散步。出自杜甫《恨别》："思家步月清宵立，忆弟看云白日眠。"

②**芦花**：为禾本科植物芦苇的花。芦花是古典诗文吟咏的常见植物。

③**野渡**：山野、偏僻少人至的渡口。

④**霜箫**：箫，古代一种乐器。霜箫，像霜一样清冷的箫声。

译文

曾在江南的月色下漫游，飘散的烟雨与河岸的芦花镌写着冷清的秋；

傍晚停泊在野外的渡口诗人用洞箫吹起悠远清扬的乐曲，仿佛吹散了长江水上寄托的万古哀愁。

‖ 赏 析 ‖

　　诗篇回忆了诗人曾在江南的一段美好时光。诗人从晚上写起，描绘了诗人在月色下漫步江南的见闻思绪。适逢芦花遍开、烟雨凄迷的清秋时节，诗人傍晚停泊在一个偏僻的渡口，吹奏洞箫，悠远清扬的乐声响彻大江两岸，仿佛要把长江万年来的哀愁都吹散。

　　此诗作于诗人在硅谷创业尤艰之时，以清词丽句描绘昔日江南步月，乘兴奏箫的美好回忆。诗人天性乐观，在瑟瑟秋日能借一曲箫声一扫阴郁，在如今的创业艰难面前亦能积极进取，昂扬奋发。

　　诗歌语言优美，意境悠远，而精神刚健，气度昂然，是诗人以婉约之风写豪放之情的一次成功尝试。

山中春夜

夜静清溪漫①，春寒楚山②烟。

月明相寂寞，萧疏③桂影闲。

▊ 注释

①漫：随意，不受拘束。
②楚山：泛指楚地之山，这里指武夷山区。
③萧疏：稀疏，稀少。

▊ 译文

在静谧幽深的山林夜晚，溪水任性流淌。春夜的山中有些微寒意，云烟缭绕。月色清朗，山林寂寞。枝木稀疏，桂树影闲。

‖ 赏 析 ‖

　　行走在春夜的武夷山区，视野由近及远。眼前的溪水横流，散漫不拘。抬头望去，山中云烟缭绕。随着暮色逐渐晦暗，月色随即清朗，这明月与山林，似是一对无言的兄弟，所有情感都蕴含在这个氤氲宁静的夜晚，待有心人去体会。作者用"清""寒""寂寞""萧疏"等词，勾勒出一幅静谧清冷的春夜楚山图。景色虽幽微清净，但"闲"字表达了作者对此份不可多得的宁静的珍视与享受。

观影《笑傲江湖之东方不败》有感

致敬金庸、黄霑

笑傲神州云帆远，琴心①剑影两茫然②。

红尘有情皆恩怨，天涯何处不江湖。

无限③关山④悲难尽，万里长江恨欲凝。

扶桑⑤隔海如隔世，惟将情丝化海流！

注释

① **琴心**：琴声表达的情意。
② **茫然**：犹惘然，失意的样子。
③ **无限**：无数。
④ **关山**：关隘山岭。
⑤ **扶桑**：神话中的神树，剧情里指的是日本。

译文

曾经笑傲的神州已然随着一片云帆渐渐远逝，回想昔时的琴心剑影，空余无限怅惘茫然。红尘俗世的种种情感无非是恩爱痴怨。天地浩大，又有哪里不是江湖？

数不尽的关隘山岭也无法阻隔绵延不尽的悲苦，万里长江似乎也由满腔怅恨凝聚而成。传说中的扶桑，隔海难期，恍如隔世，惟有将绵绵情丝化作无尽海流。

‖赏析‖

本诗首联横空而来，一笔概写由笑傲神州到退隐江湖的茫然意绪。"琴心剑影"四字，将快意恩仇、红尘痴怨的江湖生涯勾勒得尤为传神，何等逍遥洒脱，令人心驰神往。然诗人笔锋一转，接以"两茫然"三字，琴心剑影，尽归空无，给人以无限怅惘之感。

颔联、颈联对仗精整，章法井然，落笔阔大。其中，颔联偏于理，红尘有情，无非恩怨；天涯浩渺，俱为江湖。颇有看破红尘的哲理意味。颈联重于情，以关山、长江的雄奇想象喻悲愁怅恨的无尽情思，将无形悲恨赋予有形山河，令情感抒发更为深刻有力。

尾联宕开一笔，意味深长。《笑傲江湖之东方不败》结尾令狐冲避往扶桑，任盈盈重洋难越，求而不得。惟有将绵绵情丝化作海流，载于无垠大海。

全诗意境阔大，雄浑慷慨，具有江湖意气，侠骨柔肠，显出诗人潇洒豪迈的胸怀与深厚的艺术功力。

梦出塞行

天低飞鸟尽,沙茫征尘①绝。

秋月莹似泪,纷骨白如雪。

■ 注释

①征尘：战斗时扬起的尘土，借指战争。

■ 译文

寥廓的苍天一眼望去空无所有，也没有飞鸟的痕迹；塞外沙地茫茫，战时扬起的尘土也归于沉寂。

只有一轮秋月，晶莹剔透似泪花点点，静默无言地照耀着，如雪般的白骨历历。

‖ 赏 析 ‖

　　诗歌描写了诗人梦入边塞，见到战后一片寥廓苍茫的景象。诗歌通篇写景，处处融情。先言古战场的苍茫空阔，再将晶莹秋月比作泪滴，照耀纷纷白骨。秋月如泪，当为天地所流，亦为诗人所流，想象奇特，落笔不凡，意境深远，实为本诗诗眼所在。全诗刚健雄浑、古直悲凉，兼得汉魏风骨与盛唐气象之美。

台风雨夜候友人

凄风①吼天厉，寒雨溅窗急。

残灯如豆②舞，剪剪③故人心。

注释

① 凄风：寒风。
② 残灯如豆：将熄的灯，只有豆粒大的光线。形容灯光暗弱。
③ 剪剪：飘动貌，闪忽貌，同"翦翦"。

译文

凄厉的狂风仿佛冲着苍天猛烈地怒吼，寒冷的夜雨急急地迸溅着窗户。残灯如豆，飘舞在凄风苦雨中，犹如我雀跃不定，期待见到故人的心情。

‖ 赏 析 ‖

　　本诗写诗人于台风雨夜等候友人的期待心情。风雨交加，残灯如豆，飘舞摇曳的烛光，一如诗人飘动不定的心境。"最难风雨故人来"，何况是如此凄风寒雨之夜，更显出友情珍贵，不由不令诗人倍加期待，雀跃欢喜。

　　诗歌虽然简短，却情真意长，读来令人想到《诗经·郑风·风雨》；"风雨如晦，鸡鸣不已。既见君子，云胡不喜。"虽一为友情，一为爱情，然皆情之真挚，古今不易，这就是诗歌的魅力。

一九九一年春节夜怀父母弟

寥寥①关山远,苍苍②江水寒。

无限流离③月,天涯此夜长!

注释

① **寥寥**：广阔，空旷。
② **苍苍**：茫无边际。
③ **流离**：一指光彩纷繁的月色；一指流转离散的人。

译文

　　重重关山连绵不尽，广阔寥远，茫茫江水奔腾不息，寒气逼人。光彩纷繁的月色照耀着流转离散的人，相隔天涯的孤寂，令人惟觉此夜无尽漫长。

‖ 赏 析 ‖

　　本诗写诗人对父母弟弟的怀念之情。春节本应是阖家团聚的日子，诗人年少便孤身前往异乡求学，虽素有壮志，自立颇早，但值此佳节良宵，亦难免怀念父母亲人。诗歌起笔从阔处着眼，寥落关山、苍茫江水，皆为浩大景象，而愈显出诗人独立苍茫的孤寂。

　　"无限流离月"一句，语义双关，既写流离月色的无限可爱，又状流离游子的无尽乡思，情景相融，浑然天成。古人有"天涯共此时""千里共婵娟"之语聊慰思念，但诗人浓烈的怀念之情和孤寂之感却始终无法排遣，惟有中宵不寐，喟叹"天涯此夜长"！

一九九四年春节前旅夜思友人

逆旅①逐西风, 关山寂寞行。

情随芳草漫, 思共斜阳回。

野旷生寒月②, 灯疏浸夜③迷。

千里茫茫路, 何计慰孤心④?

▌ 注释

① 逆旅：客舍，旅馆。
② 寒月：清冷的月亮，亦指清寒的月光。
③ 浸夜：溶浸在夜光中。
④ 孤心：寂寞的心境。

▌ 译文

　　一路追逐着萧瑟秋风，我只身向着重重山峦，寂寞前行。离情随着沿途的芳草漫延，思念伴着斜阳的微光回归。此刻，空旷无人的荒野生出一轮寒月，灯光稀疏，溶浸在夜光中，迷蒙不清。眼前还有遥远渺茫的千里路程，有什么办法能慰藉我孤寂的心境呢？

‖ 赏析 ‖

　　本诗写的是诗人大学春节假期之际,告别友人之后,乘车只身从厦门回家乡福州的路上思念友人的心情。适逢春节,友人别后,自己独归,一路斜阳芳草,疏灯苦旅,辗转思念友人。

　　首联以西风、关山等苍茫阔大的意象为底色,借"寂寞行"三字勾勒出一位千里独行的游子形象,一大一小,一动一静,一虚一实,颇得丹青妙处。颔联化用李后主《清平乐·别来春半》:"离恨恰如春草,更行更远还生。"写诗人离情别思,随芳草漫滋,共斜阳低徊。颈联、尾联描述诗人乘车夜行旷野,冷月迷蒙,面对茫茫前路,无人慰藉的孤寂心境。全诗处处蕴含诗人思念友人之情,亦处处可见二人友情的真挚可贵。

行路不难

作于二〇一八年硅谷

秋草连天秋水长, 远峰清瘦①远宵苍。

日斜迢迢递递路, 风晚重重叠叠山。

▌ 注释

① **清瘦：** 清净峻峭。唐代韩愈《游青龙寺赠崔大补阙》："南山逼冬转清瘦，刻划圭角出崖窾。"

▌ 译文

秋草无垠，秋水遥长，仿佛连接天际。远处是山峰清净峻峭，映照着苍茫寥远的苍穹。斜阳晚风中，越过重重山岭，路途曲折蜿蜒。

‖ 赏 析 ‖

《行路难》为乐府《杂曲歌辞》调名，古乐府道路六曲之一，亦有变行路难，内容多写世路艰难及离别悲伤之意。本诗作于诗人驾车翻山越岭，前往另一个城市参加投资人会议途中，一路漫长曲折，正如创业之路，诗人独出心裁，以"行路不难"为题，表达了积极乐观、自信坚定的心境。

诗歌前二句写远眺之景，秋草秋水，遥接天际，寥远苍穹，远峰矗立。景象阔大而又给人以孤寂之感，侧身天地，孑然独立的"清瘦"远峰，亦是独自创业的诗人自身写照。后二句写动态之景，每句连用四个叠字，新奇巧妙，"迢迢递递""重重叠叠"令人倍感路之曲折婉转、山之连绵不绝；而读来节奏明快，音韵清朗，给人以轻松之感，暗合"行路不难"题旨。诗人行于迢递重山之路，仍能欣赏斜照晚风之美，曲折前行之趣，不需多着一字，尽显自信乐观心境。

中秋月

九州月儿圆，悬天惹幽思^①。

柔光漫天地，金辉浸夜白。

世上知音少，人生几回圆。

今宵怜月满，长坐到天明。

▌注释

①**幽思：**郁结于心的思想感情。

▌译文

　　圆圆的月儿，高悬在天际，惹起我的幽幽思绪。月儿的柔光金辉弥漫天地，将夜晚浸润得恍如白昼。世上知音稀少，人生又有几回能够团圆如满月呢？今晚我怜爱地望着这一轮满月，不舍入睡，坐到天明。

‖ 赏 析 ‖

　　本诗为诗人中秋赏月之作。诗人身处异国他乡，适逢中秋月圆，不由生出孤寂之感。首联点明月圆惹幽思之旨，颔联铺写月光之皎洁莹润，"漫""浸"二字，将月光如雾如水之感描绘得尤为传神。颈联由月及人，感叹知音稀少，人生难能如月常圆。尾联思绪重回中秋满月，长夜独不寐，赏月至天明，表达了诗人对月色的爱怜和独处异国的孤寂之情。

强渡大渡河礼赞

铁岸雪岭①梅花，江湍②千里龙腾③。

铁索④横江⑤东去，依稀⑥沧海长城⑦！

▋ 注释

① 雪岭：积雪的山岭，亦指今四川岷山，借指四川境内。李商隐《杜工部蜀中离席》："雪岭未归天外使，松州犹驻殿前军。"

② 江湍：江中急流。

③ 龙腾：如龙飞腾。

④ 铁索：粗铁链。

⑤ 横江：横陈江上，横越江上。

⑥ 依稀：相像，类似。

⑦ 长城：供防御用的绵亘不绝的城墙。

▋ 译文

积雪的山岭，生长着三两枝梅花。冷硬的堤岸下，江中急流如龙飞腾，奔涌千里。铁索横越江上，向东而去，仿佛保家卫国的沧海长城。

‖ 赏 析 ‖

　　这是一首六绝诗,以极简省的文字勾勒出奔腾壮阔的大渡河景象,表达了诗人对红军强渡大渡河"狭路相逢勇者胜"这一拼搏精神的赞美。前二句通过意象并列式排布,以近乎白描的手法描绘了大渡河两岸雪岭铁岸、江水奔流湍急的艰险环境;后二句追忆历史,由铁索横江想到当年红军强渡的英勇无畏,感叹这一拼搏精神如同"沧海长城"一般,御敌于外,保家卫国。诗歌气象恢弘,立意高远,表达了诗人的豪迈气魄和家国情怀。

雨中游南澳岛（之一）

白波①若山连天起，雪浪苍茫碧无涯。

独立山青风定后，雨洗乾坤②万里光。

后　记

　　余少壮游粤，东临南澳，是日细雨纷纷，江山寂寂，万里云遮。忽天光乍现，日涌云奔，深感万物消长，阴晴皆在。千江有水千江月，万里无云万里天。幸甚至哉，歌以咏志。

注释

①**白波：**白色波浪。出自《庄子·杂篇·外物》："白波若山，海水震荡。"

②**乾坤：**天地。

译文

雪白的波浪如山峰般连天而起，海面苍茫，一碧千顷。忽然雨晴风定，我独立于此，看雨后天地如洗，万里光明。

‖赏析‖

　　本诗为诗人少壮游南澳岛所作。诗歌前二句写诗人雨中居高临海，放眼远望，将海中白波若山、雪浪连天的壮阔景象尽收眼底，意象恢弘，气势雄浑；后二句写雨歇风定后，乾坤如洗，复归光明的景致。

　　诵读此诗，令人仿佛置身海岸，历经大海由波涛汹涌到风平浪静的转瞬变化，产生宇宙浩渺、沧海一瞬的哲思。

雨中游南澳岛（之二）

白沙碧海思无涯，烟雨明山①分外苍。

天低万里轻阴②绕，云外高帆影映来。

■ 注释

① **明山**：山名，位于潮州。

② **轻阴**：淡云，薄云。出自刘禹锡《秋江早发》："轻阴迎晓日，霞霁秋江明。"

■ 译文

身处白沙碧海之间，我的思绪漫无边际。望着烟雨中的明山，在雨雾浸润下，显得分外苍翠。天空淡云缭绕，一只高大船帆的身影，渐渐从云外映来。

‖ 赏 析 ‖

本诗首句"白沙碧海思无涯",承前诗哲思而来,南澳海岸阴晴不定,再次由白沙碧海转为烟雨朦胧,明山在水汽氤氲中显得格外苍翠,别是一番景致。海阔天低,云遮雾绕中,一片高帆破云而来,又开一生面。全诗围绕着南澳海面因阴晴消长而产生的别样风致展开描绘,白沙碧海固然明媚,烟雨明山又添苍翠。天低云绕,高帆远至,宛如一幅动态画卷,给人以豁然开朗之感。

游潮州

作于一九九五年夏

经年奔波苦,今朝赋闲行。

道随人意①转,心共野潭清。

云来暗千岭,雨过一村明。

登高览形胜②,天外数峰青③。

注释

①**人意**：人的意愿、情绪。

②**形胜**：指山川壮美之地。

③**数峰青**：语典，化用自钱起《省试湘灵鼓瑟》："曲终人不见，江上数峰青。"

译文

长年辛苦地忙碌奔走，今天终于可以闲适而行。林间小道蜿蜒曲折，仿佛随着我的心意转变方向；一泓野潭清澈明净，正如我的心境清明悠然。行走在山岭中，突然层云密布，山村晦暗，一阵急雨过后，天地复归光明。我登临高山之上，俯瞰壮美山川，唯见缥缈的云雾之间，隐隐露出几座苍翠的山峰。

‖ 赏 析 ‖

　　诗歌描写了诗人青年壮游潮州的见闻。首联点明此行闲适轻快的心情；颔联物我交融，偶对精工，写山径野潭仿佛与人心意相合，令人心旷神怡，实属妙语；颈联笔锋一转，以寥寥数笔勾勒出一场急雨的来龙去脉，突然云暗千岭，转瞬雨过天晴，读来有苏轼《定风波》"也无风雨也无晴"的意味，诗人悠然开阔的心境可以想见；尾联以景作结，登高所见，唯有数峰青苍。全诗起承转合，衔接自然，境界宽大，可称佳作。

记古田口水库

作于一九九七年春列车出古田口水库赴京

烟雨横江①一望愁, 青峰如幕对峡垂。

孤帆没入苍茫②外, 化作征人③无尽思。

注释

①横江：横陈江上。出自苏轼《赤壁赋》："白露横江，水光接天。"

②苍茫：广阔无边的样子。出自杨炯《登秘书省阁诗序》："林野苍茫，青天高而九州迥。"

③征人：远行的人。

译文

烟雨迷蒙，横陈于浩瀚水面之上，极目远望，心中充溢着无尽的客愁。水库四周重峦叠嶂，青峰如同帷幕一般，在峡口处相对着，无言低垂。一片孤帆悠悠远去，渐渐隐没在苍茫天际之外，化作了远行游子无穷无尽的思念之情。

‖ 赏 析 ‖

本诗写客游感怀。先从即目所见之景着墨，烟雨横江，青峰如幕，视野阔大而感受细腻，给人以刚柔并济之感。"孤帆没入苍茫外"颇得李白"孤帆远影碧空尽"妙处，但李诗写送别友人的不舍之情，而本诗状离乡赴京的客游之思。山长水阔，孤帆远征，既饱含离愁，又隐见壮怀，情感层次更为丰富。尾句以"无尽思"点明辞家赴京的复杂意绪，旨丰意远含蕴不尽。

二〇〇四年夏辞 Madison
鹰足球队队长

筹措①冲衡②亦有年，人间万事出艰辛。

也曾慷慨同决③日，更度关山百战时。

绿茵骋竞欣春暖，雪场争锋带啸寒。

浮生④百乐宗斯乐，天下无谊长此谊！

■ 注释

① **筹措**：谋划措办，设法筹集。
② **冲衡**：相互较量，比试高低。
③ **同决**：同场决胜。
④ **浮生**：人生。语本《庄子·外篇刻意》："其生若浮，其死若休。"人生在世，虚浮不定，故称人生为"浮生"。

■ 译文

谋划措办球场争衡已经多年，越发感到人世间一切事情的成功都源自艰辛。我们曾多少次意气风发地同场决胜，较量高低，慷慨豪壮得仿佛置身于古战场一般。从温暖春日的绿茵地到寒风如啸的白雪场，处处皆是我们竞骋争锋的身影。在人生种种乐事中，以驰骋球场之乐为最；在天下诸般情谊里，没有一种能够长久过并肩战斗的球友之谊。

‖ 赏 析 ‖

　　本诗为作者留学美国威斯康星大学麦迪逊分校时，辞去一直担任的足球队队长，告别队友所作。诗歌起笔回顾经年筹措球队事宜的种种艰辛，语词凝练，感慨万千。颔联化用明末抗清英雄袁崇焕诗作《南还别陈翼所总戎》："慷慨同仇日，间关百战时。"与颈联一起描述写昔日球场争衡场面，如连环画卷，一句一图，生动传神，节奏明快，读来仿佛亲临慷慨争锋的绿茵场，给人以紧张之感。尾联直抒胸臆，感叹球场之乐为人生至乐，队友之谊为天下至谊，表达了对球场之乐的怀念和对队友之谊的珍重不舍。

再赋忆江南

作于二〇一七年

万顷①青芒②万顷烟，牧笛③春晓柳溪边。

细雨扁舟人不渡，舟横江南水墨间。

注释

① **万顷**：常用以形容面积广阔。

② **青芒**：草名。如茅而大，长四五尺，快利如锋刃，七月抽长茎。可作绳索或草鞋。出自陆游《溪上》："单衣缝白纻，双屦织青芒。"

③ **牧笛**：牧童或牧民所吹的笛子。亦借指牧笛声。

译文

　　一望无际的青芒之上烟雾茫茫，春日破晓的杨柳溪边牧笛声声。细雨迷蒙，行人不渡，一叶扁舟自在浮泊于这一幅江南水墨画中。

‖ 赏 析 ‖

这是一首写景的七绝，描写江南的清丽水景，表达怀念之情。首句写远景，万顷青芒弥漫着无边烟雾，极目所见，苍茫渺远，仿佛"蒹葭苍苍，白露为霜"境界；次句写近景，春晓溪边，杨柳依依，牧笛声声，一句之内，兼具清丽之景、清越之声、清闲之趣，动静相宜，刻画鲜活；三四句将目光转于一叶扁舟，由近及远，先聚焦小舟，写其于细雨迷蒙中行人不渡；再扩大视角，写其于水墨江南间自在浮泊。全诗仅二十八字，视角却先由远及近，再由近及远，动静结合，点染得宜，有尺幅千里之妙。

别友人

浊酒①吴声②楼东去，孤帆空泛楚江③天。

闲性已惯流离④日，弹冠⑤犹望月明枝⑥。

■ 注释

①**浊酒**：用糯米、黄米等酿制的酒，较混浊。出自嵇康《与山巨源绝交书》："时与亲旧叙阔，陈说平生，浊酒一杯，弹琴一曲，志愿毕矣。"

②**吴声**：泛指吴地民间歌曲。

③**楚江**：楚境内的江河。

④**流离**：流转离散，也寓意境遇颠沛坎坷。

⑤**弹冠**：弹去冠上的灰尘；沐浴整冠。寓意修养高洁。出自《楚辞·渔父》："吾闻之，新沐者必弹冠，新浴者必振衣。"

⑥**月明枝**：明朗皎洁的月光洒满枝头，展现幽静空旷的月夜之美。

■ 译文

乘一叶孤帆，温一壶浊酒，自吴至楚，泛江而行，看着楼台亭宇在优美的吴歌声中渐渐东去，不知不觉来到天水辽阔的楚江之间。我生性随性旷达，早已习惯颠沛坎坷人在江湖的日子，即使在流转离散的岁月里，待到皎皎月夜之时，我也会在沐浴整冠之后，一身清爽地欣赏月色明枝江山寂寂的闲适之美。

‖赏析‖

本诗写诗人告别友人，泛江而行的见闻思绪。前二句写自吴至楚途中见闻，浊酒吴歌，孤帆楚江，意象流动跳跃，一如此行，随意自适。后二句自述心境，诗人生性旷达高洁，安于颠沛，虽久惯别离坎坷，总能随遇而安，始终怀有对如"月明枝"般美好事物的向往。曹操《短歌行》云："月明星稀，乌鹊南飞，绕树三匝，何枝可依。"苏轼《卜算子·黄州定慧寓居作》又云："拣尽寒枝不肯栖"，诗人借"月明枝"表达了自身恬淡高洁的心境。

三 "别" 赠弟

廿年兄弟十年别，枝本同根两傍^①生。

每忆微雨相别际，更数佳节互念时。

万里遥隔当珍重，千钧^②搏奋报青春。

聚首愿逢鸿飞^③日，方知不负少年别。

注释

①两傍：同"两旁"。

②千钧：三十斤为一钧，千钧即三万斤。常用来形容器物之重或力量之大。

③鸿飞：鸿雁高飞。比喻升迁腾达，奋发有为。

译文

二十余年的兄弟，竟然有十年时间都在分离，我们是根本同源的枝木，却各自分向两旁生长。常常回忆起在微雨中离别的时候，每逢佳节更是相互牵念不已。遥隔万里，应当彼此珍重，以拼搏奋发回报青春。希望我们相逢之时能够各自有所成就，才能不辜负少年的离别。

‖ 赏 析 ‖

　　这是一首赠别诗，写诗人与弟弟久别重逢又再次分别的感慨，表达了相互劝慰勉励的兄弟情深。首联概写兄弟二人经年分别，犹枝生两傍。其中，首句"廿年兄弟十年别"，连用"廿年""十年"两个时间节点，极言阔别之久，语言质朴，如话家常，然情意深厚，读来令人慨叹。颔联写别后牵念，细致入微，情感真挚。颈联尾联一扫离愁别绪，以壮语劝慰勉励彼此，各自珍重奋发，不负少年别离。全诗豪华落尽，语简情真，壮怀激烈，有盛唐格调，青春意气。

七律·咏史

南北干戈①乱世频,中原板荡②铁骑纷。

群豪并起惊天地,百代③苍茫④成古今。

万国⑤江山残阳里,千秋功业晚烟中。

霸陵⑥帝冢终黄土⑦,赢得岁岁草青青!

▋ 注释

①**干戈**：指战争。

②**板荡**：《板》《荡》都是《诗经·大雅》中讥讽周厉王无道而导致国家败坏、社会动乱的诗篇。后指政局混乱或社会动荡。

③**百代**：指很长的岁月。

④**苍茫**：犹匆忙。出自杜甫《北征》："杜子将北征，苍茫问家室。"

⑤**万国**：天下，各国。

⑥**霸陵**：即灞陵，为汉文帝陵墓。

⑦**黄土**：指坟墓。

▋ 译文

有史以来，天下始终干戈动荡，乱世频仍，铁骑争雄，群豪并起，征战南北，逐鹿中原。岁月苍茫犹如白驹过隙，人世代谢永远今来古往。万国江山笼罩于残阳余光之下，千秋功业消失在向晚烟霭之中。纵使是帝王陵冢，也不过黄土一抔。尔虞我诈，争雄称胜，到头来不过赢得年年岁岁的墓草青青。

‖ 赏 析 ‖

　　诗人认为本诗是本集的压卷之作。这是一首咏史诗，但并不囿于一时一事，而是放眼天下，纵观历史，揭示兴衰成败终归空无的历史规律。诗歌首联从空间维度着笔，无论南北中原，皆是烽烟四起，干戈动荡。颔联先承续首联，总写群雄并起，天地俱惊，接着转以时间维度，表明自古以来，世局苍茫，往复如此。颈联写江山残阳之景，喻功业如烟之理。尾联以帝王坟冢终归荒凉黄土、萋萋青草，再次慨叹争斗的虚无。全诗法度森严，风格豪放，意境宏大，气象雄浑，后二联有太白"西风残照，汉家陵阙"高致。

如梦令·无题

作于一九九一年夏

曾记烟波①东去,长淮②千里如溢。

今太平万里,醉问农家秋事③。

行路,行路,

蓦省稻花香处。

▌ 注释

① **烟波**：指烟雾苍茫的水面。

② **长淮**：指淮河。出自王维《送方城韦明府》："高鸟长淮水，平芜故郢城。"

③ **秋事**：秋日农事。

▌ 译文

　　记得沿着烟雾苍茫、千里如溢的淮河东行而去。一路上山河安定，太平无事。我带着醉意，欲问耕种人家秋日农事如何，一路前行，蓦然发觉自己已身处稻花香处。

‖ 赏 析 ‖

　　这是一首田园小令，写词人中学夏日时，回乡路上即目所见的田园风光，表达了词人轻松明快的美好心情。此词意象简单，语言质朴而情感真淳。先写一路东行，长淮浩渺的开阔景象，再叙安居乐业、海晏河清的太平气象。沿途所见，无不令人心醉。于是词人带着几分醉意，想要向耕种人家问问秋日将近，农事如何？能否丰收？一路行进，蓦然闻到稻花香气，这个问题也就不问而知了。

　　小令篇幅简短，而不乏转折；自然质朴，而富有情感。词人对丰收之年的喜悦和对田园生活的热爱蕴于其中，真挚动人。

虞美人·京华行

青衫①磊落②险峰行，剑气③碧烟④横。

十年磨剑⑤展雄心，欲摘碧云天外满天星！

散花⑥烟雨江南岸，迢递⑦乡情漫。

恼人⑧春梦一觉时，依旧满川风雨⑨快平生！

注释

① **青衫**：古时学子所穿之服，借指学子、书生。

② **磊落**：形容胸怀坦荡。出自阮瑀《筝赋》："慷慨磊落，卓砾盘纡，壮士之节也。"

③ **剑气**：指剑的光芒。常以喻人的才华和才气。

④ **碧烟**：青色的烟雾。

⑤ **十年磨剑**：比喻多年刻苦磨练。语本贾岛《剑客》："十年磨一剑，霜刃未曾试。"

⑥ **散花**：花朵飘散。

⑦ **迢递**：指思虑悠远。

⑧ **恼人**：令人着恼。

⑨ **风雨**：比喻危难和恶劣的处境。

译文

一袭青衫，胸怀磊落，满腹才气，向着险峻高峰孑然独行。多年刻苦磨练，只待一展壮志雄心，想要奔赴碧云天外，摘取满天星辰。我的思乡之情迢递悠远，仿佛回到了花朵飘散、烟雨迷蒙的江南水岸。美好梦境突然醒转，令人着恼，但我依旧笑对满川风雨，快意平生！

‖ 赏 析 ‖

此词有剑气、侠气与少年意气。词人年少时喜读金庸，首句致敬《天龙八部》。上阕将自身比作一名磊落坦荡、剑气纵横的少年游侠，叙赴京求学，不畏艰险，欲上青天摘星辰的壮志胸怀；下阕由梦境着笔，先写梦回江南漫步泽畔的悠然思乡之情，再写梦觉之后笑对风雨的再度振奋之志。

全篇寓柔情于健笔之中，总体风格洒脱豪放，表达了词人拼搏奋发的精神和旷达乐观的胸怀。

虞美人·福建安溪行

千里茶山青色暖，散步熏风①晚。

茶花纷漫斜阳边，回首往来村舍正炊烟。

兰溪水漾秋光②去，伴我龙涓③住。

夜来心淡对疏灯，更爱一天④明月沁⑤中庭⑥。

▋注释

①**熏风**：东南风，和风。
②**秋光**：秋日的阳光。出自李商隐《商於》："商於朝雨霁，归路有秋光。"
③**龙涓**：龙涓乡。地名，位于安溪西南部。
④**一天**：指满天。
⑤**沁**：渗透漫溢。
⑥**中庭**：庭院之中。

▋译文

　　傍晚散步于和风之中，看千里茶山，被夕阳照耀出温暖的青翠之色。斜阳下，茶花缤纷烂漫，回首向沿途往来的村舍人家望去，炊烟正袅袅升起。兰溪水波荡漾，倒映着明明灭灭的秋日阳光，伴我在安溪龙涓小住。入夜，我对着稀疏的灯光，内心静谧恬淡，尤爱这满天明朗月光，如水般沁溢于庭院之中。

‖赏 析‖

　　本词作于词人应友人之邀，赴其家乡安溪龙涓小住之时，描绘了安溪龙涓的优美风光和闲适生活。安溪以产茶闻名，本词上阕写向晚散步于茶山之间的悠闲适意。夕阳斜照，和风微熏，茶山青翠，茶花烂漫，一派自然优美的田园风光。偶一回首，见沿途村舍人家开始生火做饭，炊烟袅袅，恍如陶渊明笔下"暖暖远人村，依依墟里烟"，怡然惬意的田园生活。

　　下阕"兰溪水漾秋光去"，借兰溪之水荡漾秋光暗喻时光流逝，语义双关，衔接自然。接着，写入夜之后，明月如水沁漫庭院的情致，流露出静谧恬淡的心绪。全篇语言优美自然，风格清丽疏隽，别有韵致。